Beatrice Sonntag
Amoklauf für Anfänger

Ein humorvoller Kurzroman

Impressum

Bibliografische Information der Deutschen Nationalbibliothek:
Die Deutsche Nationalbibliothek verzeichnet diese Publikation in der Deutschen Nationalbibliografie; detaillierte bibliografische Daten sind im Internet über http://dnb.dnb.de abrufbar.

© 2025 Beatrice Sonntag
Korrektorat: Axel Aldenhoven
Cover: Stinkbug Designs
Autorenfoto: Focus Maximus
Verlag: BoD · Books on Demand GmbH,
In de Tarpen 42, 22848 Norderstedt, bod@bod.de
Druck: Libri Plureos GmbH, Friedensallee 273, 22763 Hamburg

ISBN: 978-3-7597-6207-8

Kapitel eins

Harald atmete tief ein und strich sein Hemd glatt. Er hatte das gute Hemd gewählt für diesen Tag. Den Tag, an dem sich all die Strapazen und Entbehrungen endlich auszahlen würden. Vorbei waren die Schikanen, die Erniedrigungen und Gemeinheiten.
Muriel ging heute in Rente. Sie wurde mit einem kalten Buffet und Sekt verabschiedet, wie es bei Abteilungsleitern üblich war. Harald würde heute zum allerletzten Mal ein freundliches Lächeln aufsetzen, obwohl er Muriel am liebsten tagtäglich mit einer Bratpfanne geohrfeigt hätte. Seit 14 Jahren, drei Monaten und sieben Tagen ertrug er stoisch die schlimmste Chefin, die sich ein Angestellter vorstellen konnte. Das war eine lange Zeit, wenn man bedachte, dass Muriel ihn Heftklammern sortieren ließ, ihn vor versammelter Mannschaft Froschauge nannte, ihm geschickt ihre Fehler in die Schuhe schob und ihm absichtlich widersprüchliche Anweisungen gab, damit er wie der Depp vom Dienst dastand. Er hatte

keinen Schlüssel zu seinem eigenen Büro, sondern musste am Morgen auf Muriel warten, damit sie ihm die Tür aufsperrte. Sie hatte ihm untersagt, in der Mittagspause Musik zu hören, obwohl sie seine leisen Opernklänge in ihrem Büro überhaupt nicht hören konnte. Sie hatte unzählige Tobsuchtsanfälle bekommen, nur weil es in Haralds Büro nach Essen gerochen hatte.

All das hatte nun ein Ende und Harald war am Ziel angekommen: die Beförderung war nur noch eine Frage von Tagen. Heute würde sie verkündet. Harald hatte keinen Zweifel daran. Es war immer so gewesen. Er hatte acht Leiter verschiedener Abteilungen in Rente gehen sehen und jedes einzelne Mal war deren Stellvertreter zum Nachfolger ernannt worden. Es war Firmenpolitik.

Er kontrollierte seine Manschettenknöpfe und stieß dann schwungvoll die Tür zum Pausenraum auf, in dem die Abschiedsfeier stattfinden sollte. Mehr als die Hälfte der Belegschaft war bereits anwesend. Seine Kollegen standen in kleinen Grüppchen zusammen und unterhielten sich. Auf einem Tisch standen Schnittchen und Kuchen. Jemand war damit beschäftigt, billigen Sekt in Plastikbecher zu gießen.

„Mahlzeit", begrüßte ihn eine Kollegin. Annette war Muriels Assistentin, eine schüchterne, blasse Frau.

„Mahlzeit", antwortete Harald. Natürlich fiel die Feierlichkeit auf die Mittagspause, denn Muriel wollte selbst an ihrem letzten Arbeitstag keinem ihrer Untergebenen erlauben, auch nur ein paar Minuten wertvolle Arbeitszeit zu vergeuden.

Der Sekt wurde verteilt. Der Direktor sprach einen wenig enthusiastischen Toast aus und beglückwünschte Muriel zum Renteneintritt.

„... auf eine erfüllte Karriere zurückblicken." Er leierte die Worte lustlos vor sich hin. „Auf besonderen Wunsch hat Muriel die Ehre, ihre Nachfolge zu verkünden, sozusagen als letzte Amtshandlung. Bitte, Muriel."

Ein verhaltener Applaus erklang. Einige flüsterten hinter vorgehaltener Hand. „Hier wird bald ein anderer Wind wehen."

Harald straffte sich und legte eine Miene auf, von der er hoffte, dass sie professionell und gleichzeitig gelassen wirkte. Er lächelte gekünstelt in die Runde. Jemand nickte ihm zu.

Muriel stand neben dem Direktor und schmachtete ihn regelrecht an. „Es war mir immer eine große Freude und Inspiration, für Sie zu arbeiten", schleimte sie. Sie konnte es einfach nicht lassen, diese fette Henne. Mit ihrer fleischigen Hand drückte sie die des Direktors. Er verzog das Gesicht und scheiterte bei dem Versuch, seinen Schmerz zu verbergen.

Mit einer Plastikkuchengabel schlug Muriel gegen ihren Plastikbecher und lachte laut auf, als kaum ein Geräusch entstand. Was für ein gelungener Scherz, dachte Harald. Diese miese, fette Sadistin hat in 14 Jahren kein einziges Mal aufrichtig gelacht.

„Ich habe die große Ehre, meine Nachfolge heute offiziell bekannt zu geben. Wir haben auf Direktionsebene lange beraten und alle Bewerbungen sorgfältig geprüft. Ich weiß, dass es auch Firmentraditionen gibt und ich bin die Letzte, die solche Traditionen nicht ehren würde."

Harald merkte, dass seine Hände zu schwitzen begannen. Das war sein großer Moment. Diese Schlange würde ihm widerwillig, aber mit einem breiten falschen Lächeln das Zepter übergeben. Er machte sich bereit, einen Schritt vorzutreten und seine neuen Untergebenen mit einem jovialen Lächeln zu begrüßen. Seine Antrittsrede kannte er schon seit Jahren auswendig.

„Dennoch sind wir der Meinung, dass unsere Entscheidung das Beste für die Firma ist."

Muriels falsches Lächeln wurde noch breiter

und sie schaute aufmerksamkeitsheischend in die Runde.
Dennoch? Harald stutzte.
„Annette, hierher", sagte Muriel. Der Befehlston war ihr zu einer zweiten Natur geworden. „Bitte", schob sie schnell hinterher.
Annettes Wangen färbten sich rot und sie schaute sich hektisch um. Zögerlich trat sie vor.
„Annette Neumann wird mit sofortiger Wirkung die Abteilungsleitung übertragen." Muriel griff grob nach Annettes Hand und zerrte sie mit sich, so heftig, dass Annette stolperte.
Wie durch einen dichten Nebel beobachtete Harald, wie Annette zitternd vor der versammelten Belegschaft stand und wie Muriel eine Rede hielt, die sie auf blassgelben Karteikarten aufgeschrieben hatte. Seine Kollegen warfen ihm verstohlene Blicke zu.
Muriel verstummte und hob ihr Glas.
„Herzlichen Glückwunsch, Annette!"
Annette hob den Blick. Sie lächelte schief, konnte aber nicht verbergen, dass sie mit der Situation überfordert war. Ein Kollege trat zu ihr und beglückwünschte sie zur neuen Stelle. Eine langjährige Kollegin stupste Harald mit dem Ellenbogen an, trank ihr Sektglas in einem Zug leer und schnaubte

verächtlich. „Saftladen", raunte sie ihm zu, bevor sie auf den Ausgang zusteuerte. Harald stand stocksteif. Seine Kollegen hielten sich verlegen an ihren Plastikbechern fest.
Die dümmliche Agathe schob jemanden zur Seite, um sich genau vor Harald hinzustellen. Kaugummi kauend schaute sie an ihm hoch. „Ich dachte, du wolltest Abteilungsleiter werden."
Harald hustete. Jemand zog Agathe in Richtung des Kuchens.
Harald trank seinen Sekt aus und verließ den Raum. Wie durch Watte bewegte er sich langsam und mechanisch fort. Seine Schritte trugen ihn zu seinem Büro, wo er sich auf den Stuhl fallen ließ. Nur gedämpft drangen die Stimmen aus dem Pausenraum zu ihm herüber. Da streckte jemand den Kopf zur Bürotür hinein. Es war Chris aus der Marketingabteilung. „Tut mir echt leid, Mann." Er biss sich auf die Unterlippe. „Unglaublich, wie cool du reagiert hast. Ich an deiner Stelle würde Amok laufen." Chris klopfte dreimal mit der flachen Hand an die Tür und verschwand.
Harald schüttelte den Kopf in dem Bestreben, endlich einen klaren Gedanken zu fassen. Cool reagiert? Er hatte cool reagiert? Er hatte noch überhaupt nicht reagiert. Seine Reaktion stand noch aus. Und Harald

bezweifelte, dass sie cool sein würde. Was war eine angemessene Reaktion? Harald schnappte sich seine Jacke und ging hinaus auf den Parkplatz. Noch nie in den vergangenen 14 Jahren, drei Monaten und sieben Tagen hatte er vorzeitig die Arbeit verlassen. Er war nicht krank gewesen und hatte sich nie einfach so freigenommen. Es war ein ungewohntes Gefühl, an einem Freitag hier draußen auf dem Asphalt zu stehen. Die Sonne schien. Es war ein ganz normaler Frühlingstag.
Harald fuhr sich mit gespreizten Händen durch die Haare. Erwartete die Welt eine Reaktion von ihm? Wollte er als der Loser in Erinnerung bleiben, der sich 14 Jahre, drei Monate und sieben Tage von Muriel hatte zur Schnecke machen lassen, nur um dann cool zu reagieren, wenn er einfach so übergangen wurde? Annette Neumann? Ernsthaft? Wahrscheinlich war sie sogar in der Lage, den Job zu machen. Aber es war seine Stelle. Er war an der Reihe und er hatte sich diese Abteilungsleitung so schwer verdient, wie es nur denkbar war.
„Ich an deiner Stelle, würde Amok laufen." Das hatte Chris gesagt. War ein Amoklauf eine angemessene Reaktion?
Harald dachte an die Stressbewältigungskurse am Donnerstag, die

Yogastunden am Montag und die Meditationsseminare jeden ersten Samstag im Monat. All das hatte ihm dabei geholfen, die 14 Jahre, drei Monate und sieben Tage zu überstehen. Er hatte eine perfekte Strategie entwickelt, um Muriel zu ertragen, ohne ein Magengeschwür zu entwickeln, zumindest keines, das groß genug war, um ihn umzubringen. War er bereit, all die Anstrengungen über den Haufen zu werfen, nur um sich einem Amoklauf hinzugeben?
Die ernüchternde und traurige Antwort lautete: ja.

Kapitel zwei

Entschlossen stapfte Harald auf seinen Wagen zu, stieß abrupt zurück und schoss mit quietschenden Reifen auf die Straße. Eine Passantin mit Hund zeigte ihm den Mittelfinger. Verbissen starrte er geradeaus, während er viel zu schnell fuhr. Auf der linken Seite erkannte er die Reklame eines Supermarktes. Ohne abzubremsen, bog er auf den Parkplatz ein, stellte seinen Wagen quer auf drei Stellplätzen ab und warf die Wagentür laut krachend zu. Einige Minuten später saß er wieder hinterm Steuer, auf seinem Schoß eine Flasche Scotch. Er fuhr zurück zum Firmenparkplatz.

Der Scotch schmeckte scheußlich. Harald hob die Flasche dicht vor seinen Augen in die Höhe, denn es dämmerte bereits. Kaum zu glauben. Er hatte die Flasche zu drei Vierteln geleert. Erstaunlich, dachte er. Er wiederholte das Wort achtmal in Gedanken, bis er es denken konnte, ohne zu lallen. Da! Der Bewegungsmelder vor der Eingangstür zum Büro schaltete die Beleuchtung ein.

Harald beugte sich vor, um durch die Windschutzscheibe zu sehen, wer es war. Dabei rutschte ihm die Flasche aus der Hand. Mist. Der Scotch ergoss sich über seinen Schoß. Er schlug nach der Flasche. Sein Blick zuckte zurück zur Eingangstür. Da war sie. Muriel. Als Letzte verließ sie das Büro. Sie trug einen Korb am Arm. Zwei Jutetaschen baumelten an ihrer Schulter.

Das ist der Moment meines Amoklaufes, dachte Harald. Er fühlte sich ungewohnt beschwingt, als er die Autotür aufstieß. Es bereitete ihm einige Mühe, aufrecht zu stehen. Er klammerte sich an der Wagentür fest. „Muriel, du bist mies, unerträglich, pedantisch, cholerisch und sadistisch. Ich verabscheue und verwünsche dich!"

Muriel blieb abrupt stehen. „Harald?" Sie beschattete die Augen mit einer Hand, was in der Dunkelheit albern wirkte. Sie warf ihren Kopf in den Nacken und stieß ein unmenschliches Lachen aus. „Harald, Sie sind der größte Loser, den diese Firma jemals gesehen hat. Sie schaffen es nicht einmal, ein Schimpfwort zu benutzen!"

Harald ließ die Autotür los und stolperte auf Muriel zu. Dabei verlor er das Gleichgewicht und ging zu Boden.

„Ist das zu glauben? Sie sind betrunken!" Muriel kam einen Schritt auf ihn zu, stieß

ihn mit ihrem Stiefel an und lachte noch lauter. „Na los, trauen Sie sich mal was, Sie Lusche! Nennen Sie mich eine Schlampe, ein Miststück, eine Bitch, wenn Sie Anglizismen mögen!"
Sie drehte sich um und ging auf ihren Wagen zu. „Schon klar. Sie haben nicht die Eier in der Hose, um einmal Ihre Meinung zu sagen. Schon klar. Ich habe der Firma einen Gefallen getan, indem ich die Bosse überredet habe, Annette statt dir den Posten zu geben."
Sie war es gewesen. Überredet? Er hasste Muriel aus tiefstem Herzen. Mit letzter Kraft rappelte sich Harald auf, stolperte zu seinem Auto, griff durch das offene Fenster nach der Scotchflasche und knallte die Flasche mit voller Wucht auf das Wagendach. Eine kleine Delle erschien. Harald, noch immer den Flaschenhals fest in der Hand, kniete nieder und hieb damit auf den Asphalt. Das brachte endlich das erhoffte Resultat. Die Flasche zerbrach und er hatte eine tödliche Waffe in der Hand. Erschrocken hielt er das zersplitterte Ende weit von sich gestreckt. Konzentration.
Muriel, die dabei gewesen war, ihre Sachen im Kofferraum zu verstauen, hielt inne und starrte ins Dunkle. Sie hatte das Krachen

und Splittern gehört. „Harald, Sie erbärmlicher ..."
Weiter kam Muriel nicht, denn mit einer Geschwindigkeit, die sich Harald nicht zugetraut hatte, hatte er die Distanz zwischen ihnen überwunden und hielt ihr die Flasche an den Hals.
Scharf sog sie die Luft ein. „Harald", stotterte sie deutlich leiser als noch vor einigen Minuten. „Tun Sie nichts Unüberlegtes!"
Harald schüttelte den Kopf. Er wünschte sich, er hätte lange Haare, sodass er sie wie in einer Shampoowerbung hin und her fliegen lassen konnte. Für einen Moment fragte er sich, woher dieser abwegige Gedanke kam. Ein schriller Schrei von Muriel machte ihn darauf aufmerksam, dass er mit der Flasche ein paar Millimeter zu nahe gekommen war. Trotz der unzureichenden Beleuchtung sah er deutlich die Bluttropfen an Muriels Hals hinablaufen.
„Jetzt bist du still?" Harald lallte so stark, dass er sich selbst kaum verstand.
„Was?", kreischte Muriel. Sie zitterte.
„Da rein!" Harald zeigte mit drohend erhobener Flasche auf den Kofferraum.
„Harald, bitte. Sie bringen sich in Teufels Küche." Muriel tat mit erhobenen Händen einen Schritt zur Seite.

Harald hustete und kam ihr mit der Flasche wieder gefährlich nahe.

„Das ist Körperverletzung", flüsterte Muriel. Fand sie ihren Mut wieder?

Harald trat ihr ans Schienbein und schaffte es irgendwie, nicht vornüber zu fallen.

Muriel öffnete den Mund, aber es kam kein Laut heraus.

„Rein da." Er zerrte den Korb aus dem Kofferraum.

Muriel hievte ihr massiges linkes Bein in den Kofferraum. „Das ist doch ..." Sie schniefte.

„Den Schlüssel", zischte Harald und griff einmal daneben, bevor er Muriel grob den Autoschlüssel aus der zitternden Hand riss. Er schubste sie und schloss den Kofferraum, wozu er all seine Kraft aufwenden musste.

Muriel kreischte und hämmerte von innen gegen den Kofferraumdeckel. Harald sah sich um. Außer ihnen war niemand auf dem Parkplatz. Das Licht über dem Eingang war erloschen.

Harald zwängte sich auf Muriels Fahrersitz. Er stieß zurück und rammte dabei eine Mülltonne.

Muriel war ausdauernd. Das musste man ihr lassen. Die gesamte halbe Stunde, die Harald benötigte, um nach Hause zu fahren, hämmerte sie von innen gegen den Kofferraumdeckel. Er ließ sie zunächst im

Auto. In seiner Garage in einem ruhigen Wohngebiet würde kein Nachbar sie hören.

Kapitel drei

Harald suchte in seiner Küche nach einer Waffe und entschied sich für ein Brotmesser. Der Kofferraumdeckel schnappte auf und Muriel blinzelte in das grelle Licht der nackten Glühbirne, die Haralds Garage erhellte. Sie schimpfte noch immer lauthals. Als sich ihre Augen an die neuen Lichtverhältnisse angepasst hatten und sie das Messer sah, gelang dem Messer, was Harald in den letzten 14 Jahren, drei Monaten und sieben Tagen nie gelungen war. Es brachte Muriel für einen kurzen Moment zum Schweigen. Er befahl ihr, sich die Knöchel mit Kabelbindern zu fesseln, was Muriel mit abschätzendem Blick in Richtung Messer tat.
Er half seiner ehemaligen Chefin aus dem Auto und setzte sie auf einen Plastikstuhl.
„Hände hinter den Rücken", sagte Harald mit sanfter Stimme, wobei er mit dem Brotmesser vor Muriels Augen hin und her fuchtelte.
„Sie können mich mal", antwortete Muriel und verschränkte die Arme vor der Brust. Das Sitzen tat ihr wohl nicht gut. Wo kam

denn jetzt schon wieder dieser Anflug von Mut her?

„Haben Sie vergessen, dass ich ein Messer habe, dass ich betrunken bin und ich nichts zu verlieren habe?" Harald schluckte und der Scotch stieß ihm sauer in der Kehle auf. Beruhigt stellte er fest, dass sich die Wirkung des Alkohols ein wenig legte. Zum Beweis, dass er es ernst meinte, bohrte er die Spitze des Brotmessers mit sanftem Druck in Muriels Oberschenkel. Nicht so fest, dass der graue Anzugstoff ihrer Hose beschädigt wurde, aber fest genug, dass Muriel die Spitze spürte.

„Sie sind ja übergeschnappt", schrie sie und schlug nach dem Messer.

Mit einer geschickten Bewegung, wie Harald sie von sich nicht kannte, zog er das Messer zurück. Muriels Schlag ging ins Leere. Sie wankte und musste mit den Armen rudern, um nicht vom Stuhl zu kippen.

Harald wiederholte seine Bitte.

„Sie sind vollkommen wahnsinnig! ... Beruhigen Sie sich bitte ... das ist Freiheitsberaubung ... das ist doch keine Lösung ... damit werden Sie nicht davonkommen." Muriel schien alle möglichen Reaktionen eines Entführungsopfers auf einmal durchzumachen. Harald fragte sich, wann sie endlich das Stockholm-Syndrom entwickeln und es ihm etwas leichter machen würde. Dieser Gedanke brachte ihn zum Lachen, was wiederum Muriel Tränen in die Augen trieb. Wahrscheinlich nahm sie sein aufrichtiges Lachen als Beweis für seinen Wahnsinn. Umso besser.

Sie legte endlich die Arme hinter den Oberkörper, sodass Harald mit zwei weiteren Kabelbindern die Handgelenke aneinander und am Plastikstuhl festschnallen konnte. Das Ratschen der Kabelbinder brachte ihn erneut zum Lachen.

Als er sich aufrichtete und von seiner Mülltonne zu Muriels Wagen und dann zu Muriel hin schaute, wurde ihm bewusst, dass er Spaß hatte. Er würde das Wochenende genießen.

Er schätzte, dass die Polizei ihm spätestens am Montagvormittag auf die Schliche kommen würde. Schließlich war sein Auto unverschlossen auf dem Firmenparkplatz zurückgeblieben, zusammen mit Muriels Korb. Den hätte er vielleicht besser mitgenommen. Halb so schlimm. Ein Wochenende war ausreichend, um sich an Muriel zu rächen. Harald hatte alles im Haus, was er brauchte, um seine verhasste Chefin zu quälen.

Kapitel vier

Harald suchte in seiner Küche nach einer Waffe und entschied sich für ein Brotmesser. Der Kofferraumdeckel schnappte auf und Muriel blinzelte in das grelle Licht der nackten Glühbirne, die Haralds Garage erhellte. Sie schimpfte noch immer lauthals. Als sich ihre Augen an die neuen Lichtverhältnisse angepasst hatten und sie das Messer sah, gelang dem Messer, was Harald in den letzten 14 Jahren, drei Monaten und sieben Tagen nie gelungen war. Es brachte Muriel für einen kurzen Moment zum Schweigen. Er befahl ihr, sich die Knöchel mit Kabelbindern zu fesseln, was Muriel mit abschätzendem Blick in Richtung Messer tat.
Er half seiner ehemaligen Chefin aus dem Auto und setzte sie auf einen Plastikstuhl.
„Hände hinter den Rücken", sagte Harald mit sanfter Stimme, wobei er mit dem Brotmesser vor Muriels Augen hin und her fuchtelte.
„Sie können mich mal", antwortete Muriel und verschränkte die Arme vor der Brust. Das Sitzen tat ihr wohl nicht gut. Wo kam

denn jetzt schon wieder dieser Anflug von Mut her?

„Haben Sie vergessen, dass ich ein Messer habe, dass ich betrunken bin und ich nichts zu verlieren habe?" Harald schluckte und der Scotch stieß ihm sauer in der Kehle auf. Beruhigt stellte er fest, dass sich die Wirkung des Alkohols ein wenig legte. Zum Beweis, dass er es ernst meinte, bohrte er die Spitze des Brotmessers mit sanftem Druck in Muriels Oberschenkel. Nicht so fest, dass der graue Anzugstoff ihrer Hose beschädigt wurde, aber fest genug, dass Muriel die Spitze spürte.

„Sie sind ja übergeschnappt", schrie sie und schlug nach dem Messer.

Mit einer geschickten Bewegung, wie Harald sie von sich nicht kannte, zog er das Messer zurück. Muriels Schlag ging ins Leere. Sie wankte und musste mit den Armen rudern, um nicht vom Stuhl zu kippen.

Harald wiederholte seine Bitte.

„Sie sind vollkommen wahnsinnig! ... Beruhigen Sie sich bitte ... das ist Freiheitsberaubung ... das ist doch keine Lösung ... damit werden Sie nicht davonkommen." Muriel schien alle möglichen Reaktionen eines Entführungsopfers auf einmal durchzumachen. Harald fragte sich, wann sie endlich das Stockholm-Syndrom

entwickeln und es ihm etwas leichter machen würde. Dieser Gedanke brachte ihn zum Lachen, was wiederum Muriel Tränen in die Augen trieb. Wahrscheinlich nahm sie sein aufrichtiges Lachen als Beweis für seinen Wahnsinn. Umso besser.
Sie legte endlich die Arme hinter den Oberkörper, sodass Harald mit zwei weiteren Kabelbindern die Handgelenke aneinander und am Plastikstuhl festschnallen konnte. Das Ratschen der Kabelbinder brachte ihn erneut zum Lachen.
Als er sich aufrichtete und von seiner Mülltonne zu Muriels Wagen und dann zu Muriel hin schaute, wurde ihm bewusst, dass er Spaß hatte. Er würde das Wochenende genießen.
Er schätzte, dass die Polizei ihm spätestens am Montagvormittag auf die Schliche kommen würde. Schließlich war sein Auto unverschlossen auf dem Firmenparkplatz zurückgeblieben, zusammen mit Muriels Korb. Den hätte er vielleicht besser mitgenommen. Halb so schlimm. Ein Wochenende war ausreichend, um sich an Muriel zu rächen. Harald hatte alles im Haus, was er brauchte, um seine verhasste Chefin zu quälen.

Kapitel fünf

Harald rieb sich die Hände. Was sollte er nun tun? Oder besser: Was wollte er als Erstes tun. Muriels Schicksal lag in seinen Händen und in diesem wunderschönen Moment drehte sich alles um seine Wünsche. Niemand fragte Muriel nach ihrer Meinung und er, Harald saß am längeren Hebel. Was für ein grandioses Gefühl. Ein Teil dieses Gefühls war sicherlich auch dem Scotch geschuldet, aber was soll's. Man lebt nur einmal. Ein Mann wie ich bekommt nur einmal im Leben eine solche Chance, dachte er. Die wenigsten Entführer kamen so bald wieder auf freien Fuß. Er würde höchstwahrscheinlich nicht noch einmal auf so spektakuläre Weise seinen Job verlieren. Also musste er es jetzt richtig machen.
Harald hatte sich diese Situation viele Jahre lang ausgemalt. Während er in der Garagentür stand und Muriel wehrlos auf dem Stuhl sitzen sah, wurde ihm bewusst, dass er perfekt auf diese Gelegenheit vorbereitet war. Viele Stunden der Gedankenspiele konnten nun plötzlich als

Anleitung dienen. Alles, was er sich immer schon ausgemalt hatte, konnte in die Tat umgesetzt werden.

Er musste sich einfach nur überlegen, welche Folter er Muriel angedeihen lassen wollte. Er spürte das Adrenalin in seinen Adern. Es war wie die Vorfreude bei einem Konzert, auf das man wochenlang hin gefiebert hatte. Mehr als das, es war wie Weihnachten, Geburtstag und Hochzeitstag in einem.

Für einen Moment schloss Harald die Augen und spürte das Adrenalin und den Alkohol durch seinen Körper strömen. Dann fasste er einen Entschluss. Als Erstes würde er Muriels feine Nase und vielleicht auch ihre Geschmacksnerven aufs Tiefste beleidigen. Ein, so glaubte er, dämonisches Grinsen breitete sich auf Haralds Gesicht aus.

Noch immer grinsend trat er vor sein Opfer und stellte sich breitbeinig vor Muriel hin. Sie zerrte an den Fesseln, aber Harald hatte den Eindruck, dass sie es nur halbherzig tat. War sie etwa schon müde geworden? Hatte sich die fette Henne im Kofferraum verausgabt und all ihre Energie verbraten? Oder hatte sie doch endlich die Ausweglosigkeit ihrer Situation erkannt?

Harald krempelte sich die Hemdsärmel hoch, ohne den Blick von Muriel zu nehmen. Mit der stumpfen Seite des Brotmessers strich er

sanft über ihre Wange. Sie drehte den Kopf zur Seite und holte tief Luft.
Er ließ sie schreien. Sollte sie sich nur nach Herzenslust verausgaben und ihrem Unmut Luft machen. Das tat gut. Missstände offen anzusprechen und Gefühle auszudrücken, tat gut. Das wusste Harald. Zumindest in der Theorie. Er hatte seinem Unmut ja bisher nie Luft gemacht.

Er ging in die Küche und durchforstete den Kühlschrank. Als er einen Blumenkohl im Gemüsefach sah, machte sein Herz einen kleinen Sprung. Hervorragend. Suppengrün gab es auch noch. Es war zwar nicht mehr das Frischeste, aber das war nur ein Grund mehr, es sofort zu verarbeiten. Er machte sich daran, Sellerie und Kartoffeln zu schälen, den Blumenkohl zu zerteilen und eine Gemüsebrühe aufzusetzen. Mit Hingabe röstete er die Zwiebeln an, löschte mit der Gemüsebrühe ab und gab dann die Zutaten für eine cremige Blumenkohlsuppe in den Topf. Nun musste das Ganze eine Weile köcheln. Er schnappte sich den Pürierstab und betrachtete ihn von allen Seiten.
Aus einer Laune heraus ging er damit in die Garage und zeigte ihn Muriel.
„Ahnst du es schon?" Er reckte die Nase in die Luft und schnupperte.

Muriel hatte die Augen weit aufgerissen und starrte das Küchengerät an. Immerhin hatte sie mit dem Schreien aufgehört.
„Riech' mal", forderte er sie auf.
Muriel rührte sich nicht. Sie blinzelte nicht mal.
Er hielt ihr den Pürierstab direkt unter die Nase. „Riechen sollst du", sagte er mit noch mehr Nachdruck. Er grinste, als ihm auffiel, dass er Muriel nicht mehr siezte. So eine Entführung brachte zwei Menschen schneller und näher zusammen, als 14 Jahre, drei Monate und sieben Tage gemeinsamer Arbeit. Eine Träne kullerte über Muriels Wange. Sie rümpfte die Nase und sog rhythmisch die Luft ein. Harald nickte langsam. „Ja genau, es ist Blumenkohlsuppe. Man kann sie im ganzen Haus riechen."
Muriels Atem ging stoßweise. Ihre weit aufgerissenen Augen waren auf den Pürierstab gerichtet und sie vergoss noch mehr Tränen.
„Jetzt mach dir nicht ins Hemd. Ich bin doch bloß am Kochen." Harald verließ die Garage, ließ aber die Tür offenstehen, damit Muriel die Blumenkohlsuppe so gut wie möglich riechen konnte. Die Suppe stand symbolisch für all die Mahlzeiten, die Harald nicht hatte mit ins Büro bringen dürfen. Muriels feines

Näschen durfte unter keinen Umständen belästigt werden.
Blumenkohl konnte sie nicht ausstehen, das wusste er. Lauch wäre auch eine gute Option gewesen, ebenso wie Kohlrabi oder Rosenkohl. Wie schade, dachte Harald, Rosenkohl hatte er nicht im Haus. Egal, der Blumenkohl tat seinen Job und verströmte seinen wenig verführerischen Duft. Selbst nachdem er die Suppe püriert hatte, und sich seine Nase schon an den Duft der Suppe gewöhnt hatte, roch er noch immer mit Genugtuung die strenge Duftnote.
Harald schöpfte Suppe in zwei Teller und brachte diese mit einem Tablett in die Garage. Einen Teller stellte er neben Muriel auf die Motorhaube. Dann holte er sich einen Stuhl, setzte sich einen Meter vor Muriel entfernt hin und aß genüsslich die Blumenkohlsuppe, während sie ihm mit wachem Blick folgte. Was wohl in ihrem Kopf vorging?
„Wenn du später Hunger hast, kannst du gerne von der Suppe essen."
Muriel verzog den Mund.
„Sie ist nicht vergiftet, keine Angst." Harald löffelte seinen Teller leer und saß dann einen Moment einfach so da, betrachtete sein Opfer und dachte nach. Sollte er sie zwingen, die Suppe zu essen? Das würde eine

Riesensauerei werden. Er ließ den Teller stehen, in der Hoffnung, dass die Suppe weiter ihren Duft verströmte.
Was kam als? Ein weiterer Angriff auf die Nase?
Vielleicht sollte er für etwas Abwechslung sorgen. Musik. Vielleicht Radio? Muriel konnte es nicht ausstehen, wenn irgendwo ein Geräusch zu hören war. Fieberhaft überlegte Harald, was Muriel besonders hasste. Da fiel ihm ein, dass Natascha vor zwei Jahren ein Weihnachtslied abgespielt hatte, das Muriel beinahe zur Explosion gebracht hatte. Sie war fuchsteufelswild geworden und hatte ihr angedroht, das Handy aus dem Fenster zu werfen, wenn sie nicht augenblicklich die Musik ausmachte. Aber Harald mochte keine Weihnachtslieder und er war heute nicht nur hier, um Muriel zu quälen, sondern auch und vor allem, um sich selbst etwas Gutes zu tun.

Im Schrank in seinem Büro fand er einen alten CD-Player, den er in der Garage anschloss. Er besaß nicht viele CDs, aber die, die er hatte, waren ordentlich im Wohnzimmer im Bücherregal aufgereiht und alphabetisch geordnet. AC/DC, Beethoven, Biohazard, Chopin, Foo Fighters, Haydn, Iron Maiden, Mozart, Nirvana, Tool, Tschaikowsky und Vivaldi. Harald entschied sich für die Zauberflöte. Mozart war einfach perfekt.

Während er die CD in den Spieler legte und die Arie der Königin der Nacht suchte, ließ Muriel ihn nicht aus den Augen. Sie reckte den Hals, um zu sehen, was er tat. Es war einfach herrlich. Harald drehte sich, um ihr genau in die Augen sehen zu können. Dann erklang die Arie, die er so gerne mochte und die Muriel hasste. Harald konnte sich gerade so zusammenreißen, um nicht laut mitzusingen. Die Arie würde ihre Wirkung zeigen, dessen war er sich sicher. Er regulierte die Lautstärke noch ein Stückchen nach oben und drückte die Taste für die Dauerschleife.

Er flößte Muriel einen Schluck Sprudel ein, damit sie nicht verdurstete und verabschiedete sich von ihr. „Gute Nacht, Muriel."

Kapitel sechs

Harald konnte in seinem Schlafzimmer gedämpft die Musik hören. Während er seine Zähne putzte, ertappte er sich dabei, wie er im Takt mit der Hüfte wippte. Wann war er zuletzt so gut gelaunt gewesen? Er spuckte den Schaum ins Becken, spülte seinen Mund aus und stützte sich auf das Waschbecken. Er sah in den Spiegel und betrachtete all die Fältchen um die Augen, denen er nie Bedeutung beigemessen hatte. Er sah tiefere Falten auf der Stirn und fragte sich, wie viele davon einzig und allein dadurch entstanden waren, dass Muriel ihn auf der Arbeit gedemütigt und gepiesackt hatte.
Die Arie verklang, nur um sofort von Neuem zu starten. Harald zog seinen Schlafanzug an und legte sich ins Bett. Aber an Schlaf war nicht zu denken. Einmal war da die ungewohnte Musik, die leise von unten herauf klang, auf der anderen Seite war da diese beinahe kindliche Vorfreude und Anspannung.
So fühlte sich also Adrenalin an, dachte Harald. Vom Alkohol war nur noch ein

Hauch zu spüren. Hauptsächlich der Nachdurst. Gegen ein Uhr morgens hatte er noch immer kein Auge zugetan. Er warf sich seinen Bademantel über und ging noch einmal nach unten in die Garage.
Vorsichtig öffnete er die Tür, aber Muriel schien ihn schon erwartet zu haben. Auf jeden Fall wirkte sie nicht überrascht und starrte ihn direkt an.
„Kannst du auch nicht schlafen, Muriel?"
Harald wartete ihre Antwort nicht ab. „Ich könnte dir etwas zur Beruhigung anbieten. Wie wäre es mit Duftkerzen? Etwas zur Meditation?"
Lebhaft erinnerte sich Harald daran, wie Muriel einen Duftspender aus der Damentoilette ins Büro gebracht hatte, nur um ihn vor aller Augen aus dem Fenster zu werfen. Sie hatte behauptet, sie sei allergisch gegen den Duft von Lavendel. Herumgebrüllt wie eine Wahnsinnige hatte sie, bis die arme Sekretärin, die den Duftspender auf der Toilette aufgestellt hatte, sich wimmernd bei ihr entschuldigt hatte.
Harald hatte sich vorgenommen, herauszufinden, ob jemand wirklich gegen einen Duft allergisch sein konnte. Er konnte sich nicht mehr daran erinnern, ob er es tatsächlich herausgefunden hatte, aber er

war sich sicher, dass es in Muriels Fall Quatsch war.
Ob er wohl etwas im Haus hatte, das nach Lavendel roch?
„Einen Moment, Muriel", sagte er. „Ich habe genau das Richtige für dich."
Er durchsuchte Wohnzimmer, Küche und Badezimmer und fand schließlich ein Raumspray. „Mit dem beruhigenden Duft von Lavendel und Sandelholz", stand darauf. Perfekt. Das war die ideale Mischung. Meditativ, provenzalisch. Muriel würde es hassen.
Er sprühte die gesamte Garage mit dem Spray ein, bis er schließlich selbst zu husten begann und die Dose leer war.
„So Muriel." Er hustete. „Bei diesem Duft solltest du dich perfekt entspannen können. Steht hier drauf." Er zeigte mit dem Finger auf die leere Dose, als wolle er Werbung dafür machen. „Ich hoffe, du kannst jetzt endlich schlafen. Wir sehen uns morgen früh, meine Liebe."
Muriel hatte die ganze Zeit mit weit aufgerissenen Augen dagesessen und ihn angestarrt. Harald war sich nicht sicher, was sie dachte, und er nahm sich vor, sie morgen einmal danach zu fragen. Hatte sie etwa geglaubt, er würde sie vergewaltigen? Igitt. Also bitte!

Sie hatte nicht erschrocken gewirkt, als er in Schlafanzug und Bademantel aufgetaucht war. Egal, er brauchte jetzt auf jeden Fall eine kleine Pause.

Kapitel sieben

Harald erwachte und blinzelte in Richtung Radiowecker. 9:42 Uhr. So lange hatte er seit Jahren nicht geschlafen, nicht einmal am Neujahrstag. Aber was hatte ihn geweckt? Ja, richtig, Muriel. Er fuhr hoch. Nun rächte es sich, dass Harald fast nie Alkohol trank. Der Scotch vom Vortag hatte ihm übel mitgespielt. Hämmernde Kopfschmerzen zwangen ihn dazu, sehr langsam aus dem Bett aufzustehen.
Muriel, dachte er. Muriel war in der Garage. Die Musik war verstummt. Vielleicht war es das, was ihm geweckt hatte? Das Ausbleiben eines Geräusches oder ein Geräusch? Er schlüpfte in die Hausschuhe, griff sich den Bademantel und eilte ins Erdgeschoss. Es war still. Keine Zauberflöte, kein Mozart mehr. Was war passiert?
Harald riss die Tür zur Garage auf und fand den Grund für das Verstummen der Königin der Nacht. Der CD-Player lag zerschellt auf dem Betonfußboden der Garage. Muriel lag daneben, noch immer an den Stuhl gefesselt, aber nicht mehr aufrecht.

„Was hast du getan?" Harald packte Muriel bei den Schultern und zerrte sie mitsamt Stuhl wieder in eine aufrechte Position. Sie zappelte, aber nicht so stark, dass der Stuhl wieder umfiel. Harald kniete sich zu dem CD-Player hinunter und untersuchte das Gerät. Irgendwie hatte Muriel es geschafft, sich zur Arbeitsplatte hinüberzubewegen und hatte wohl mit dem Kopf, vielleicht mit einem Arm, den CD-Player von der Mülltonne gestoßen. Prinzipiell musste er erkennen, dass es offenbar keine gute Idee gewesen war, das Gerät so nah bei ihr stehenzulassen. Schade um den CD-Player.

Wenn man bedachte, dass er gerade in den letzten Stunden seines Daseins als Unterhaltungselektronikgerät einen unheimlich wichtigen Beitrag zu einem Herzensprojekt von Harald geleistet hatte, dann war das ein würdiger Abschluss für die Karriere dieses CD-Players. Harald dankte dem Gerät im Stillen, entfernte die CD und warf den gesamten Player einfach so in die Restmülltonne. Das war so überhaupt nicht seine Art. Harald trennte seinen Müll, konnte sich nicht daran erinnern, jemals Elektroschrott in den Hausmüll geworfen zu haben. So etwas tat ein verantwortungsvoller und aufrechter Bürger nicht.

Harald hielt sich den Kopf, der weiterhin schmerzte. War es der Alkohol oder war es das Adrenalin? Irgendetwas brachte ihn dazu, verrückte Dinge zu tun. Das war sein Wochenende. Sein Moment, seine Chance, alles zu tun, was er sich nie getraut hatte.

Er rief sich zur Disziplin. So ein Amoklauf war keine Kleinigkeit und verlangte ihm volle Konzentration ab. Erst jetzt bemerkte er, dass Muriel wimmerte.

„Ich muss wirklich pinkeln", sagte sie schließlich. Zuerst weinerlich und dann noch einmal in einem fast flehenden Ton.

Harald legte den Kopf schief und betrachtete sie wie ein seltenes Tier im Zoo. Ihre Frisur war ruiniert, ihre Schminke verschmiert und sie hatte dicke Ringe unter den Augen. Das mochte der musikalisch untermalten Nacht auf einem Plastikstuhl geschuldet sein.

„Willst du, dass ich hier alles vollpisse?" Sie klang genervt.

Das gefiel Harald. Aber der Gedanke daran, dass die Garage nach Urin stank, bereitete ihm keine Glücksgefühle. Das musste ja nun wirklich nicht sein. Da hatte Muriel recht. Wie konnte er sie auf die Toilette gehen lassen, ohne dass es irgendwie peinlich würde zwischen ihnen? Unter keinen Umständen würde er sie begleiten und ihr beim Pinkeln zusehen. Auch wenn ihm klar

war, wie entwürdigend es für seine ehemalige Chefin wäre, würde er diesen Anblick nie wieder aus seinem Kopf herausbekommen.
Wie machten die Leute das in Filmen? Viele Filme kamen aus Hollywood. In Hollywood hatten die Leute Waffen. Keine Brotmesser oder zerbrochene Scotchflaschen, sondern richtige Waffen. Wo sollte er jetzt eine Waffe herbekommen? Jemandem, der gerade dabei war, Amok zu laufen, würde niemand eine Waffe verkaufen. Das war ja auch richtig so.
„Einen Moment", sagte er und ließ Muriel in der Garage allein.
„Hey, ich meine es ernst, ich muss wirklich aufs Klo. Ich pinkel dir hier mitten in die Garage", schrie Muriel ihm hinterher.
Harald entschied sich für das Tranchiermesser. Es sah respekteinflößender aus, als das Brotmesser, auch wenn es ein bisschen kleiner war. Für einen Moment kostete er Muriels Blick aus, während er langsam mit dem Messer auf sie zu ging. Dann jedoch zerschnitt er die Kabelbinder um ihre Handgelenke und deutete mit dem Kopf auf die Tür, die seine Wohnung mit der Garage verband.
„Ich zeige dir den Weg", sagte Harald und stützte Muriel, während er das Messer in der anderen Hand hoch erhoben hatte.

„Geradeaus in den Flur, dann die erste Links."
Muriel hopste mit den zusammengebundenen Füßen über den Teppich im Wohnzimmer und erreichte den Flur. Sie bewegte sich weiter in Richtung Bad.
„Du brauchst nicht abzusperren. Ich komme nicht rein. Aber beeil dich", riet ihr Harald.
Vor der Tür wartete er mit dem Tranchiermesser in der Hand. Er hörte, dass Muriel die Toilette benutzte, abspülte, und dann im Waschbecken Wasser laufen ließ. Er wurde ungeduldig und stieß die Tür auf.
„Das reicht, du bist schön genug", sagte er zu Muriel, die ihre Hände unter den Wasserstrahl hielt und sich gleichzeitig im Spiegel betrachtete. Sie hatte versucht, sich die tränenverschmierte Schminke abzuwaschen.
„Ernsthaft?" Harald lachte auf. „Wofür willst du dich chic machen?"
Er wedelte mit dem Tranchiermesser und trieb Muriel wieder zurück in die Garage. Während er ihre Hände erneut an den Stuhl fesselte, ging Muriel zu einer neuen Strategie über.
„Wirklich, Harald, das hier muss nicht böse für dich ausgehen."

„Ach nein?" Er hielt kurz inne. Glaubte sie, dass er grenzdebil war?
„Wir können einen Weg finden. Eine Vereinbarung treffen."
„Eine Vereinbarung?"
„Ja, du lässt mich gehen und ich werde niemandem etwas sagen. Ich besorge dir die Beförderung", sagte sie.
„Die Beförderung?" Harald stieß ein freudloses Lachen aus.
„Ja, du hast sie verdient. Das erkenne ich jetzt!"
Harald zog den Kabelbinder ein wenig fester als nötig, woraufhin Muriel aufstöhnte.
„Du hast jetzt und hier erkannt, dass ich diese Beförderung verdient habe?" Haralds Stimme troff vor Sarkasmus. Er hielt das Messer an Muriels Hals, woraufhin sie den Kopf nach hinten lehnte und die Luft anhielt.
„Hältst du mich für bescheuert?", flüsterte er.
„Nein", hauchte sie.
Er ließ das Messer sinken. „Selbstverständlich habe ich diese Beförderung verdient. Ich wollte diesen Job so sehr, dass ich in den letzten 14 Jahren, sieben Monaten und sieben Tagen dein ekelhaftes Gehabe und deine sadistischen Machtspielchen erduldet habe." Harald ermahnte sich, nicht zu theatralisch zu

werden. Er senkte die Stimme. „Aber jetzt will ich nur noch dieses Wochenende genießen."

„Hey, das tut echt weh!" Muriel meinte wohl die Kabelbinder. Aber Harald ging in die Küche und ließ sie jammern.

„Ich habe Durst! Du kannst mich doch nicht verdursten lassen!"

Heute würde es Fisch geben. Vielleicht Lachs, vielleicht Thunfisch und den Rest der Blumenkohlsuppe. Was, wenn kein Fisch mehr da war? Das Haus verlassen wollte er auf keinen Fall. Glücklicherweise fand sich ganz tief unten in der Kühltruhe noch eine 250-Gramm-Packung gefrorener Lachs.

Während Harald den Fisch zubereitete und dabei darauf achtete, dass die Gerüche aus der Küche in die Garage zogen, überlegte er fieberhaft, wie er Muriel heute ihre Boshaftigkeiten der letzten 14 Jahre, 7 Monate und sieben Tage zurückzahlen konnte. Eigentlich waren es ja jetzt 14 Jahre, sieben Monate und acht Tage. Oder zählte der gestrige Tag nicht, weil er den Spieß umgedreht hatte? Oder musste der gestrige Tag sogar negativ gewertet werden? Dann wären es 14 Jahre, sieben Monate und sechs Tage. Ach herrje. Und wie war der heutige Tag zu werten? Die passende Rechenmethode zu finden, war gar nicht so einfach.

Er war gerade dabei, die angeschmorten Zwiebeln über den fertig gebratenen Lachs zu streuen, als ihm eine besondere Szene aus dem Büroalltag einfiel. Als die Büros vor einigen Jahren neu angestrichen wurden, hatte er für ein paar Wochen am Schreibtisch direkt gegenüber von Muriel gesessen. Hätten die Computerbildschirme sie nicht voneinander getrennt, hätten sie sich während der Arbeit in die Augen blicken können. Der blanke Horror. Auf jeden Fall hatte Harald damals an einer komplizierten Tabelle gesessen. In Situationen, in denen er sich konzentrieren musste, hatte er die zugegebenermaßen unangenehme Angewohnheit, an den Nägeln zu kauen. Er kaute sie nicht ab, sondern knabberte nur mit den Schneidezähnen am vorderen Ende des Daumennagels. Rhythmisch klackten seine Zähne aufeinander, und es entstand jedes Mal dieses leise, charakteristische Geräusch. Das hatte Muriel so rasend gemacht, dass sie rot angelaufen war. Tiefrot. Harald erinnerte sich lebhaft an die Farbgebung. Es war das Rot der Verpackung der Zartbitterschokolade aus dem Aldi gewesen. Sie war aufgestanden und hatte gebrüllt, wie eine Löwin, wie eine Furie aus einer griechischen Tragödie.

Harald hatte zuerst gar nicht gewusst, was vor sich ging. Das nervöse Kauen auf dem Daumennagel geschah eher unbewusst. Möglich, dass im Büro minutenlang nur dieses leise Geräusch zu hören gewesen war. Aber jeder normale Mensch hätte einfach darüber hinweggesehen. Nun, Muriel war kein normaler Mensch. Sie war ein Ausnahmetalent, wenn es darum ging, sich belästigt zu fühlen oder andere Menschen für Nichtigkeiten zu Schnecke zu machen.

Harald richtete den Fisch und die Zwiebeln auf zwei Tellern an und wärmte etwas von der Blumenkohlsuppe im Mikrowellenherd auf. Auf einem Tablett brachte er alles mitsamt einer Flasche Mineralwasser in die Garage. Er schob sich den zweiten Stuhl zurecht und verzehrte genüsslich seine Mahlzeit. Muriel schielte immer wieder zu der Wasserflasche.

„Muriel, du hast Durst. Hier ist Wasser." Er deutete kauend mit dem Finger auf die Flasche.

Sie nickte vorsichtig.

„Allerdings möchte ich, dass du vorher etwas isst."

Er wusste, wie sehr Muriel Fisch hasste. Es war nicht nur der Geruch, der sie wahnsinnig machte. Mit der Gabel löste er ein Stück Lachs und hielt es ihr direkt vor

den Mund. Muriel presste die Lippen zusammen und schüttelte den Kopf.
„Keinen Hunger?"
Sie verzog angewidert das Gesicht und schüttelte heftiger den Kopf.
„Na komm schon, probier' doch mal. Ich habe mir Mühe gegeben." Harald fächelte mit der Hand den Fischduft in Muriels Richtung und zerteilte den Lachs mit der Gabel, was den Geruch noch verstärkte.
„Du musst bei Kräften bleiben", sagte Harald, stand auf, hielt Muriel die Nase zu und als sie nach Luft schnappte, schob er ihr ein Stück Lachs in den Mund. Sie spuckte den Fisch auf den Boden. Harald spielte kurz mit dem Gedanken, sie zu ohrfeigen. Aber das erschien ihm dann doch zu drastisch. Er war schließlich kein gewalttätiger Mensch.

Kapitel acht

„Gut, wenn du keinen Hunger hast, musst du nichts essen." Er stellte den Lachs und die Wasserflasche zur Seite. „Ich habe eine Überraschung für dich. Pass auf."
Er positionierte seinen Stuhl so, dass er mit seinem Kopf nur wenige Zentimeter von ihrem entfernt zu sitzen kam. Er rutschte auf der Sitzfläche hin und her, bis er eine bequeme Position gefunden hatte. Dann führte er den Daumen zum Mund und begann im Sekundentakt auf dem Daumennagel zu kauen. Klack, klack, klack, klack, klack, klack, klack. Das Geräusch war leise, aber ständig.
Muriel, die zunächst Augen und Mund zugekniffen hatte, öffnete ein Auge und dann langsam das zweite. Sie starrte Harald an. Klack, klack, klack, klack, klack, klack, klack. Er ließ sich nicht aus dem Rhythmus bringen. Hätte jemand die beiden gesehen, hätte er sie wahrscheinlich für Patienten in einer psychiatrischen Heilanstalt gehalten.
Muriel sah mit weit geöffneten Augen auf Haralds Mund, während Haralds Zähne im

konstanten Rhythmus vom Daumennagel abrutschten und aufeinanderschlugen. Klack, klack, klack, klack, klack, klack.
Harald war sich nicht sicher, wie lange er dasaß und das Geräusch machte. Er wunderte sich gerade darüber, wie stabil sein Daumennagel war und auch ein wenig darüber, dass ihm nicht langweilig wurde. Klack, klack, klack.
Unvermittelt riss Muriel den Mund auf und gab einen langen gellenden Schrei von sich. Harald erschrak, hörte aber nicht mit dem Nagelkauen auf. Klack, klack, klack, klack.
Wollen wir mal sehen, wer den längeren Atem hat, dachte er. Nagelkauen war weniger anstrengend als Brüllen. Eine Stunde später verlor Harald schließlich die Lust. Muriel hatte ihn beschimpft.
„Du armer Irrer! Du Freak!"
Nach einer Weile war sie dazu übergegangen, ihn anzuflehen.
„Ich bin sensibel!" Sie hatte beinahe geweint. „Ich habe ein so feines Gehör wie eine Ameise."
Aber Harald war ein ausdauernder und geduldiger Mensch. Er wusste, dass Muriel keine gesundheitlichen Probleme hatte. Sie ging zu Formel Eins Rennen. Dort machten ihr Geräusche nichts aus.

Er wärmte den Lachs auf und brachte den frisch duftenden Teller erneut in die Garage, wo er ihn auf der Motorhaube neben ihr abstellte.
„Sag Bescheid, wenn du etwas essen willst. Ich gebe dir dann auch das Wasser."
Harald beschloss, eine Dusche zu nehmen. Dabei konnte er immer gut nachdenken. Alle seine nächsten Schritte mussten wohlüberlegt sein. Er zog sich aus, stellte das Wasser an, stieg in die Dusche und seifte sich ordentlich ein. Während das heiße Wasser den Schaum abspülte, schloss er die Augen und genoss den Moment. Er hatte sich noch nie so mutig und so lebendig gefühlt.
Eigentlich hatte er seine Beförderung feiern wollen, mit einem Bier und einer Bestellung beim Italiener. Aber alles war anders gekommen und nun spürte er Neues. Etwas Gutes. Macht. Genugtuung. Rache war etwas Sagenhaftes. Zu schade, dass er nicht schon viel früher auf diese Idee gekommen war.
Er stellte das Wasser ab und stieg aus der Dusche. Gerade griff er das Handtuch, als von unten ein lautes Hupen erklang. Es war eine Autohupe. Hier im Haus. Mist. Im Laufen schlang er sich das Handtuch um die Hüfte und rannte die Treppe hinunter. Keuchend erreichte er die Garage, wo Muriel offenbar die Lehne des Stuhls abgebrochen

hatte und auf dem Boden bis zur Wagentür gerobbt war. Irgendwie musste sie es geschafft haben, die Tür trotz der gefesselten Hände zu öffnen. Sie presste ihre Stirn auf die Hupe. Diese gab einen erstaunlich lauten, konstanten Hupton von sich. Harald erreichte Muriel mit wenigen Schritten und schubste sie zu Boden.
Hart schlug sie mit der Schulter auf dem Betonboden auf.
„Bist du bescheuert?", rief Harald in die Stille, die nun laut in seinem Kopf hämmerte. Ihm war, als halle der Hupton nach.
Eben wollte er Muriel wieder auf ihren Plastikstuhl befördern, als es an der Haustür klingelte. Verdammt. Harald eilte los und rannte durch den Flur. Er hielt schon die Türklinke in der Hand, als ihm einfiel, dass es ja auch die Möglichkeit gab, die Tür nicht zu öffnen. Er war schließlich nur mit einem Handtuch bekleidet. Harald nahm die Hand von der Klinke und späte durch den Spion. Vor der Haustür stand ein Nachbar.
Es war Gerd, dessen Haus direkt neben seinem Stand. Er kannte ihn flüchtig. Sie grüßten sich, wenn sie sich auf der Straße begegneten oder wenn beide im Garten arbeiteten. Harald wusste nichts über Gerd, außer dass er einen Oldtimer fuhr und eine Vorliebe für vegane Würstchen hatte. Das

hatte er ihm einmal bei einem Smalltalk am Gartenzaun erzählt.

„Harald?" Gerd drückte noch einmal auf die Klingel. „Sind sie nicht da? Ich habe jemanden schreien hören, und lautes Hupen."

Nicht so laut, dachte Harald.

„Sie müssen doch da sein! Ist alles in Ordnung?"

Wo hatte denn dieser Spinner jetzt seine Zivilcourage her? Es war der denkbar schlechteste Moment dafür, sich nach jahrelanger angenehm distanzierter Nonchalance plötzlich für das Wohlergehen der Nachbarn zu interessieren. Konnte Gerd nicht einfach die Musik aufdrehen und sich um seinen eigenen Scheiß kümmern?

Erneut drückte Gerd die Klingel. Also gut. Harald öffnete die Tür einen Spalt breit.

„Hallo Gerd", sagte Harald. „Du entschuldigst, ich bin beschäftigt." Er öffnete die Tür ein paar Zentimeter weiter und zeigte mit dem Finger auf das Handtuch, das er sich um die Hüfte geschlungen hatte.

„Ist alles in Ordnung?" Gerd reckte den Kopf und versuchte in die Wohnung hinein zu spähen.

„Natürlich ist alles in Ordnung. Ich habe Besuch", erklärte Harald. „Er zwinkerte Gerd zu und hoffte, dass dieser die Geste als

anzüglich verstand und sich vom Acker machte.
„Ich verstehe", sagte Gerd. „Ich war bloß beunruhigt, wegen der Schreie."
„Hilfe", kam es plötzlich von hinten aus der Garage.
„Ich bin gleich wieder bei dir, Muriel", rief Harald.
„Helfen Sie mir", brüllte Muriel.
Gerd hatte einen Fuß in die Tür gestellt und war schon drauf und dran, sich an Harald vorbeizuschieben.
„Das ist wirklich sehr privat", sagte Harald und hielt dagegen. Er versuchte, die Tür zuzuschieben. Gerd rief an ihm vorbei.
„Brauchen sie Hilfe? Was ist los?"
„Hilfe", rief Muriel noch einmal. „Er hat Fisch gekocht! Und Blumenkohlsuppe!"
Harald überlegte gerade, ob er Gerd ins Haus bitten und ihn ebenfalls in der Garage fesseln sollte. Da zog dieser seinen Fuß wieder zurück und hob abwehrend die Hände.
„Du hast Blumenkohlsuppe gekocht", sagte er in verführerischem Ton. „Tja, du weißt halt, wie man die Damen begeistert. Ich lasse euch mal machen. Entschuldigt die Störung."
„Aber er hat Fisch gekocht", schrie Muriel noch lauter aus der Garage.
Harald lachte gekünstelt und zwinkerte Gerd zu.

„Nichts für ungut, Herr Nachbar."
„Machen Sie sich keine Sorgen. Wir werden uns Mühe geben, etwas leiser zu sein." Harald schob die Tür ins Schloss, rückte sein Handtuch zurecht und ging zurück zu Muriel in die Garage. Beinahe hatte er Mitleid mit ihr, wie sie da auf dem Boden lag und schluchzte.
„Muriel, was tust du nur? Wahrscheinlich hält er uns jetzt für pervers." Harald grinste. „Halb so schlimm. Ich bin nicht sauer. Möchtest du dich wieder auf den Stuhl setzen?"
Muriel jammerte leise. Sie hatte sich die Wange aufgeschrammt und sah mit ihrer verlaufenden Wimperntusche einfach erbärmlich aus.
„Nicht dein Tag?" Als Harald ihr auf den Stuhl helfen wollte, wand sie sich und trat nach ihm. Die Bewegung kam völlig unerwartet und so erwischte Muriel ihn mit beiden Schuhen am Knie, was richtig weh tat.
„Na gut, Muriel, du kannst auch auf dem Boden sitzen bleiben."
Er ging um sie herum und schloss die Autotür. Wo war bloß der Autoschlüssel? Er musste die Karre absperren. Da Harald ein ordentlicher Mensch war, hatte er den Schlüssel in das kleine Körbchen neben der

Garderobe gelegt. Genau da, wo ein Autoschlüssel hingehörte, auch wenn es nicht sein eigener war. Mit einem Klicken war das Auto abgesperrt.

Kapitel neun

Harald fiel auf, dass er noch immer nur das Handtuch trug. Mit seinem schmerzenden Knie humpelte er die Treppe hinauf und zog sich etwas Bequemes an. Es würde bald dämmern, was bedeutete, dass er sich etwas für die Nacht überlegen musste. Noch einmal die Zauberflöte kam leider nicht infrage, denn der CD-Player war irreparabel beschädigt.
Kurz bevor die Tagesschau kam, ging Harald noch einmal in die Garage. Muriel saß auf dem Boden, allerdings mit dem Rücken an ihr Auto gelehnt.
Wortlos streckte sie ihm ihre Hände entgegen. Sie waren bedenklich rot angelaufen. Die Kabelbinder stellten die Blutzufuhr ab. Er würde nicht drumherum kommen, die Fesseln zu lockern. Verdammt. Er war doch noch ein Neuling auf diesem Gebiet? Ob es im Internet wohl einen Leitfaden „Amoklauf für Anfänger" oder wenigstens „Folter für Anfänger" gab?
„Also gut. Ich löse die Kabelbinder um deine Arme. Aber dann kommst du mit ins Wohnzimmer", entschied Harald. Er holte das

Tranchiermesser und hielt es Muriel vor die Nase. „Nur, dass eins klar ist. Ich bin hier der Boss und ich werde wütend, wenn du nicht tust, was ich sage."
Muriel nickte eifrig.
Harald führte Muriel noch einmal zum Badezimmer. Er wusste, dass sie aus dem Wasserhahn trank. Aber er ließ sie gewähren. Er war ja kein Unmensch. Nicht wie sie.
Kurz darauf saßen sich Harald und Muriel im Wohnzimmer gegenüber.
„Ich habe hier noch eine besondere Aufmerksamkeit für dich", sagte Harald und zückte eine Flasche Eau de Cologne mit Zerstäuber wie eine Pistole.
Muriel verzog das Gesicht. Sie rieb sich noch immer die Handgelenke. Ihre Hände waren schon viel weniger rot. Mit Genugtuung nahm Harald zur Kenntnis, dass in Muriels Augen Angst aufblitzte. Er lächelte ihr zu.
„Erinnerst du dich an Marie?", fragte er.
Er hatte es eigentlich nicht als rhetorische Frage gemeint, denn er war sich nicht sicher, ob sich Muriel an alle Praktikantinnen erinnerte, die sie vergrault, verängstigt, gedemütigt und zur vorzeitigen Kündigung gebracht hatte. Harald war ein Ausnahmetalent gewesen, wenn es darum ging, Muriels miese Attacken zu dulden. Aber die eine oder andere Praktikantin war einfach

nicht auf so eine Naturgewalt wie Muriel vorbereitet gewesen.

„Marie trug dieses Parfum, das du nicht leiden konntest."

Muriels Augen zuckten von links nach rechts, als wollten sie Harald ausweichen.

„Marie war eine liebenswerte Person", zischte Harald zwischen den zusammengebissenen Zähnen hervor. Er erhob sich aus dem Sessel. Beinahe hätte ihm sein rechtes Knie den Dienst versagt. Muriel hatte ihn vorhin ordentlich erwischt. Er ging langsam auf seinen Gast zu und betätigte dann den Parfumzerstäuber. Zsch, zsch, zsch. Links von Muriel, rechts von ihr, vor ihr. Zsch, zsch, zsch.

Muriel hustete und wedelte mit den Händen in der Luft vor sich.

Sie sprang auf, schrie und machte mit den gefesselten Füßen einen Sprung nach vorne, auf Harald zu. Sie hieb mit den Fäusten auf ihn ein, schlug ihm die Parfumflasche aus der Hand und erwischte ihn hart am Ohr und dann am Auge. Der Hieb aufs Ohr raubte ihm für einen Moment den Gleichgewichtssinn. Harald fiel rückwärts gegen den Sessel und schlug mit der Schulter gegen die Lehne. Verdammt. Muriel war auf ihm gelandet und drosch nun auf seine Rippen ein. Er hielt schützend die Arme vor das Gesicht und versuchte, zur Seite auszuweichen. Das gelang ihm nicht sehr gut. Muriel schrie und schlug blindlings auf ihn ein. Endlich gelang es Harald, sich zur Seite zu drehen und sich rückwärts am Sessel vorbei eine Armlänge von Muriel zu entfernen. Sie robbte vorwärts und griff nach seinem Unterschenkel. Reflexartig zog Harald die Beine an und trat nach der Angreiferin.

Abrupt verstummte ihr Kampfschrei. Er hatte sie mit dem Fuß am Kinn getroffen. Ein sauberer Knock out. Muriels Körper versteifte sich und sank auf den Teppich. Ihr Kiefer zuckte. Durch ihre halb geöffneten Augenlider konnte Harald das Weiße ihrer Augäpfel sehen. Er holte tief Luft. Mann, tat das weh.

Harald rappelte sich auf. Knie und Schulter schmerzten, ebenso wie die Rippengegend. Er tastete nach seinem Auge und stellte fest, dass Blut an seinen Fingern klebte. Verdammt. Diese Schlange hatte ihm eine Platzwunde zugefügt. Im Grunde konnte er ihr nicht böse sein. Zum ersten Mal im Leben befand sich Muriel wirklich in einer Situation, in der Gewalt, welcher Art auch immer, angebracht war. Bisher hatte Harald sie nur psychische Gewalt ausüben sehen. Vielleicht war physische Gewalt auch für Muriel neu. Nun hatten sie endlich etwas gemeinsam. Harald lachte bitter auf und schaute auf seine Gefangene hinab.

Jetzt musste er schnell handeln, bevor sie wieder zu sich kam. Er hechtete zur Garderobe und griff nach einem dünnen Schal, mit dem er Muriels Hände auf dem Rücken fesselte. Sie regte sich langsam, war aber noch ganz benommen von dem Tritt. Also eilte Harald, so schnell er mit dem verletzten Knie konnte, in die Garage, um mehr Kabelbinder zu holen.

Er zog Muriel an den Füßen in die Garage, wobei er nicht darauf achtete, sie möglichst sanft zu befördern. Sie schlug auf den beiden Treppenstufen jeweils mit dem Kopf auf. Sie stöhnte und wand sich. Na, prima. Es ging ihr gut.

Harald schloss die Garagentür, löschte das Licht und ging hinauf ins Schlafzimmer. Diese undankbare miese Kuh hatte ihn ganz böse zugerichtet. Im Bad im Obergeschoss untersuchte er die Wunde an seinem Auge. Sie hatte aufgehört zu bluten, aber sein Shirt war blutverschmiert. So ein Mist. Er zog es vorsichtig aus, ohne dabei das Auge zu berühren. An seinen Rippen bildeten sich schon die ersten Anzeichen von Hämatomen. Na toll.

Er ließ Badewasser ein. Jetzt brauchte er erst einmal etwas Entspannung. Bis um

Mitternacht blieb Harald in der Wanne und ließ siebenmal frisches warmes Wasser nachlaufen. Seine Hände sahen schon aus wie Rosinen, aber er schaffte es einfach nicht, aus der Wanne zu steigen.
Mit letzter Kraft trocknete er sich schließlich ab und legte sich nackt ins Bett. Er atmete flach, denn seine Rippen schmerzten. Er konnte spüren, dass sich hinter seinem Ohr eine Schwellung gebildet hatte. Sie pochte.
Es dauerte lange, bis Harald schließlich einschlief.

Kapitel zehn

Als er erwachte, lag er in derselben Position, in der er eingeschlafen war. Sonnenstrahlen fielen durch die Jalousien, die nur zu zwei Dritteln heruntergelassen waren. Ein sonniger Sonntag kündigte sich an. Harald streckte die Hand nach seiner Armbanduhr aus, die auf dem Nachttisch lag. War das möglich? Es war schon nach Mittag.
Sein Impuls aufzuspringen wurde jäh von Schmerzen gebremst. Alles tat ihm weh.
Langsam hievte sich Harald aus dem Bett empor, zog Shorts, ein T-Shirt, den Bademantel und Hausschuhe an und schlurfte ins Bad. Er betrachtete sich im Spiegel. Die Beule hinter seinem Ohr war beachtlich angeschwollen und blau. Die Platzwunde am Auge hatte das Anschwellen an der Stelle verhindert. Er tastete danach, zuckte aber sofort mit der Hand zurück. Okay. Lieber nichts anfassen. Ohne sich die Zähne zu putzen oder das Gesicht zu waschen, stapfte er wie in Zeitlupe die Treppe hinab. Unten angekommen, schaute er sich

um. Alles schien wie immer. Es war still. Auch in der Garage.
Harald verzog das Gesicht. Seine ganze Euphorie war verflogen. Er hatte überhaupt keine Lust mehr, Muriel weiter zu quälen. Für einen Moment wünschte er sich, dass sie einfach verschwunden wäre.
Er kochte sich einen grünen Tee, zur Beruhigung und wegen der Antioxidantien. Die würde er für die Wundheilung brauchen. Vielleicht sollte er Muriel auch eine Tasse Tee bringen.

Mit einer großen Tasse Tee in der Hand öffnete Harald die Tür zur Garage. Er tat es langsam, denn er war auf vieles gefasst. Allerdings war er nicht darauf vorbereitet, dass ihm eine mächtige Stichflamme entgegenschoss. Harald riss reflexartig die Arme nach oben, um sein Gesicht vor den Flammen zu schützen. Dabei ergoss sich der heiße Tee über seine Brust und den Hals.
Die Hitze verschlug ihm den Atem und er stolperte mit geschlossenen Augen rückwärts. So schnell wie die Flamme erschienen war, erlosch sie wieder. Harald klopfte hektisch Arme und Beine ab. Soweit er es erkennen konnte, brannte seine Kleidung nicht. Seine Stirn fühlte sich plötzlich kalt an und er roch den

charakteristischen Geruch von verbranntem Haar. Außerdem klebte sein vom heißen Tee nasses T-Shirt an der schmerzenden Haut seiner Brust.

Wie hatte das passieren können? Muriel hatte sich einen Flammenwerfer gebaut. Die Garage war wohl nicht der ideale Ort für ein Entführungsopfer. Das würde sich Harald für die Zukunft merken müssen. Oder auch nicht.

Hatte sie ihre Fesseln gelöst? Wie sonst hätte sie diese Stichflamme erzeugen können? Geistesgegenwärtig trat Harald die Tür zur Garage zu. Er lehnte sich dagegen und atmete gleichmäßig ein und aus. Okay. Ruhig bleiben. Das nasse T-Shirt verstärkte den Schmerz, weshalb er es mit zwei Fingern von seiner Brust wegzog. Mit der anderen Hand tastete er nach seinen Augenbrauen, die sich bröckelig anfühlten und bei der Berührung einen stechenden Schmerz an sein Gehirn sandten.

Er würde erneut einen Blick in die Garage werfen und diesmal auf alles gefasst sein. Noch langsamer als vorhin öffnete er die Garagentür einen Spaltbreit. Das nasse T-Shirt war abgekühlt und verschaffte Harald für einen kurzen Moment Linderung. Dann jedoch mischte sich eine unangenehme Kälte unter den brennenden Schmerz. Er drückte die Garagentür wieder zu und zog sein T-Shirt aus. Aber selbst die Luft verursachte ihm Schmerzen.

Seine Neugier gewann Oberhand und er öffnete erneut die Garagentür so weit, dass er hineinspähen konnte. Muriel hatte sich hinter ihrem Auto verschanzt und soweit Harald es erkennen konnte, trug sie die Fesseln an den Händen noch. Die Schramme in ihrem Gesicht hatte über Nacht ihr eines Auge zuschwellen lassen, was ihr ein verwegenes Aussehen verlieh. Ihre Haare standen wild zu Berge und ihr Blick war fest und entschlossen.

So kannte er Muriel, voller Hass, Missgunst und dem zielgerichteten Bestreben, ihren Mitmenschen den Tag zur Hölle zu machen. Der einzige Unterschied war, dass sie heute einen Grund dafür hatte, sauer und aggressiv zu sein. Einen sehr guten sogar. Dank Harald.

Er hatte also ein paar Sticheleien verdient. Darüber, ob ein improvisierter Flammenwerfer die angemessene Reaktion war, konnte man diskutieren.

Für einen kleinen Moment starrten sich Harald und Muriel in die Augen. Sie löste sich als erste aus dem winzigen Augenblick der Starre und drehte sich hektisch hin und her. Harald sah seine Chance, ihr die

improvisierte Waffe aus den noch immer mit Kabelbinder gefesselten Händen zu schlagen. Er riss die Tür auf und stürzte nach vorne.
Muriel betätigte erneut die Spraydose und das Feuerzeug. Aber sie hatte kein Glück, denn das Feuerzeug klickte nur leise. Aus der Sprühdose kam ein Schwall Raumerfrischungsspray, das nach Kiefernnadeln duftete.
Mit einem Satz warf sich Harald auf Muriel, woraufhin ihr die Dose und das Feuerzeug aus der Hand fielen. Sie schlug wild um sich, aber Harald drückte sie mit seinem Gewicht zu Boden und wurde daher nicht getroffen. Irgendwie schaffte sie es, die Arme hochzureißen. Mit voller Wucht trafen ihre Fäuste Harald am Hinterkopf. Ein dumpfer Ton, der in Haralds Kopf wieder halte, begleitete einen scharfen Schmerz, der durch Kopf und Nacken schoss. Wie fühlte es sich an, wenn man eine Gehirnerschütterung hatte? Harald wusste es nicht. Nur, dass es weh tat.
Der Schmerz stachelte seine Wut an. Er packte Muriels Arme und drückte sie hinter ihrem Kopf auf den Boden. Nun saß er auf ihr wie in einem Straßenkampf. Muriel strampelte mit den Füßen und versuchte sich zu befreien. Mit einem Knie erwischte sie ihn am Rücken, was ebenfalls ziemlich weh tat.

Harald hätte ihr diese Beweglichkeit nicht zugetraut.

Seine Mutter hatte ihm beigebracht, dass er Frauen nicht schlagen durfte. Deshalb entschied er sich für eine Kopfnuss, welche die gewünschte Wirkung zeigte. Muriel sank benommen auf den Boden. Ihr Kopf kippte zur Seite und ihre Füße erschlafften. Harald überprüfte Muriels Fesseln an den Armen und erneuerte die Fußfesseln, die sie mit dem Feuerzeug durchgebrannt hatte. Er beeilte sich, denn jederzeit konnte sie wieder zu Bewusstsein kommen.

Schneller als er es ihr zugetraut hätte, ruckte sie hoch und kratzte ihm mit beiden Händen an Gesicht und Hals. Ein stechender Schmerz durchfuhr Harald, als sich ihre Fingernägel tief in die verbrannte Haut am Hals gruben. Harald merkte, dass er blutete. Wann hatte er seine letzte Tetanus-Spritze erhalten?

Er stieß Muriel von sich, rappelte sich hoch und machte einen Satz rückwärts. Mit dem Rücken stieß er gegen die Garagenwand. Er entschied sich für den Rückzug. Nachdem er die Garagentür hinter sich geschlossen hatte, hörte er einen tiefen Schrei, der ihn an den Film Highlander erinnerte. Hastig schob er einen Sessel vor die Tür.

Mit einer Mischung aus Erleichterung und Besorgnis schaute Harald an sich hinab. Sein Herz schlug schnell. So hatte er sich das Wochenende nicht vorgestellt. Muriel sicher auch nicht. Dieser Gedanke brachte Harald zum Schmunzeln, obwohl ihm überhaupt nicht zum Lachen war. Ihm taten der Rücken, das Knie, der Kopf und die Brust weh. Harald fragte sich, was Muriel außer dem Feuerzeug in der Garage hatte, um ihn anzugreifen. Fieberhaft überlegte er, welche Werkzeuge sie zu einer Waffe umbauen konnte. Da er kein besonders begnadeter Heimwerker war, besaß er nur einen Hammer und ein paar Schraubenzieher. Das Radkreuz lag außer Reichweite in seinem Auto auf dem Firmenparkplatz.

In der Garage rumpelte etwas sehr laut. Es war wohl nur eine Frage der Zeit, bis sie ihre Fesseln wieder lösen konnte. Harald setzte sich auf den Sessel, der die Garagentür blockierte, und horchte. Es war verdächtig still. Würde der Sessel Muriel aufhalten? Er schob vorsichtshalber einen zweiten Sessel vor den ersten. Nun müsste sie schon einiges an Kraft aufbringen, um die Tür und beide Sessel zu bewegen.

Er musste sich jetzt erst einmal Zeit nehmen, um sich um seine Brandwunden zu kümmern. Er erinnerte sich nicht mehr daran, was man mit verbrannter Haut tun sollte und was nicht. Er begutachtete Gesicht und Brust im Spiegel. In die Notaufnahme zu gehen kam nicht infrage, denn er konnte Muriel nicht alleine hier im Haus lassen. Sie würde die Bude abfackeln oder Schlimmeres.

Außerdem würde es schwierig, dem Arzt zu erklären, wie er es geschafft hatte, sich Verbrennungen mit Flammen und heißem Tee, einen dumpfen Schlag auf den Hinterkopf und einen fiesen Tritt ans Knie zuzuziehen. Harald fand eine Salbe für Brandwunden. Das Verfallsdatum lag bereits drei Jahre zurück, aber es war die beste Option. Er rieb vorsichtig die rote Haut im Gesicht, am Hals und auf der Brust damit ein.

Seine Stirn war gerötet und schmerzte, aber bis auf die verbrannten Augenbrauen schien die Haut im Gesicht weniger Schaden davon getragen zu haben, als die Bereiche, die mit dem heißen Tee in Berührung gekommen waren. Am Hals hatten sich drei kleine Blasen gebildet, was Harald Sorgen bereitete.

Kapitel elf

Was nun? Muriel freilassen? Aufgeben? Die Polizei rufen? Er beschloss, sein Programm trotz der körperlichen Beeinträchtigung durchzuziehen. Mit freiem Oberkörper ging er in die Küche und begann damit, eine Bohnensuppe aufzusetzen. Er hatte nur Dosenbohnen parat, aber das war besser als nichts. Es war ihm ein Bedürfnis, Muriel wenigstens die Bohnensuppenfolter noch angedeihen zu lassen. Wie oft hatte er in seinen Träumen im Büro Bohnensuppe gegessen, und zwar mit weit aufgerissenem Mund und mit lautem Schmatzen. In den Traumszenen hatte er merkwürdigerweise immer auf Muriels Schreibtisch gesessen, zwischen dem Telefon und dem Computer im Schneidersitz.
Sein Schmatzen war so laut gewesen, dass es in den Nachbarbüros zu hören gewesen war. Die Kollegen waren dazugekommen und hatten ihn angefeuert, ihn ermuntert, lauter zu schmatzen, bis Muriels Kopf schließlich platzte. Der Traum hatte immer damit geendet, dass aus Muriels Kopf Bohnensuppe

auf alle Anwesenden spritzte. Diese eigenartige Abschlussszene hatte Harald jedes Mal aufgeweckt, denn sie ergab einfach keinen Sinn.

Das Kochen gab ihm eine Beschäftigung und er war nicht weit von der Garage entfernt, sodass er hören konnte, was darin vor sich ging. Für eine ganze Weile blieb es still. Ob es Muriel gut ging? Hatte er sie mit der Kopfnuss ernsthaft verletzt? Sie war hart im Nehmen. Und immerhin hatte er sie ja schreien gehört.

Die Suppe war schnell zubereitet und der gesamte Wohnbereich roch nach Zwiebeln, Bohnen und Knoblauch. Diesmal war Harald schlauer. Er schob die Sessel zur Seite und öffnete die Tür zur Garage vorsichtig, ohne die Bohnensuppe bereits in der Hand zu halten. Er spähte mit einem Auge durch den Türspalt. Muriel kauerte in einer unbequem anmutenden Stellung am Radkasten ihres Autos und verrenkte den Kopf, um in seine Richtung zu schauen. Sie stieß einen Fluch aus und zuckte mit den Beinen.

Harald schob die Tür weiter auf, sodass er besser sehen konnte. Muriel wand sich am Boden wie ein Fisch in einem Netz. Ihre Füße und die halben Unterschenkel steckten im Radkasten fest. Harald beobachtete eine Weile lang, wie sie ihre Beine streckte und anwinkelte, wie sie ihren Oberkörper hin und her warf und dabei immer wieder mit dem Kopf gegen die Wand stieß.

„Was machst du für Sachen?", fragte Harald mit einem Kopfschütteln und meinte die Frage ernst. Wie hatte sie sich bloß in diese dumme Situation manövriert? Er war schon auf halbem Weg, sich zu ihr hinunterzubeugen, um ihr zu helfen, als er plötzlich innehielt. Moment. Sie steckte fest. Das war ja perfekt für die Suppenfolter.

Also richtete sich Harald wieder auf, holte seinen Teller mit der Bohnensuppe und setzte sich in sicherer Entfernung im Schneidersitz vor Muriel auf den Garagenboden. Mit ein wenig Fantasie war die Szene genau wie in Haralds wiederkehrendem Traum. Er sog tief den Geruch der dampfenden Suppe ein und lächelte Muriel zu, die zappelnd dalag und ihre Füße nicht aus dem Radkasten befreien konnte. Sicher hatte sie versucht, das Blech oder die Federn im Radkasten zu benutzen, um ihre Fesseln zu kappen. Insgeheim lobte Harald seine ehemalige Chefin für ihren Einfallsreichtum.

Aber nun war es Zeit für Bohnensuppe. Harald tauchte den Löffel ein und führte ihn zum Mund. Er schlürfte so laut er konnte und schmatzte, während er auf einer einzelnen Bohne kaute. Das laute Schmatzen erfüllte gemeinsam mit dem Geruch nach Bohnen und Zwiebeln die Garage. Muriel schnüffelte und verzog das Gesicht. Mit großer Genugtuung nahm Harald zur Kenntnis, dass Muriel trotz ihrer misslichen Lage sein Schmatzen und Schlürfen mit angewiderten Lauten kommentierte. Seit sie ihn in seiner ersten Woche im Job angebrüllt hatte, weil er die Dreistigkeit besessen hatte, sich im Pausenraum eine Bohnensuppe aufzuwärmen, träumte er von der Bohnensuppenfolter. Das Schmatzen und Schlürfen waren eine Hommage an Nathalie, die freundliche Dame aus der Personalabteilung, die auf der Weihnachtsfeier das Pech gehabt hatte, neben Muriel zu sitzen. Nathalie hatte den heißen Bouillon, der als Vorspeise serviert worden war, vorsichtig gegessen und dabei wohl Geräusche gemacht, wie sie Menschen verursachen, die etwas essen. Nach Muriels Wutausbruch war die Stimmung der Feier ruiniert und niemand hatte sich mehr getraut, in Muriels Nähe etwas zu essen.

Er wiederholte diese Prozedur des Schlürfens und Schmatzens in stoischer Geduld und Präzision, bis der Teller ausgelöffelt war. Als er den Teller leergegessen hatte, hielt er ihn vor seiner nackten Brust in die Höhe und grinste.

„Ich habe noch ein wenig Hunger", sagte er leise. „Vielleicht hole ich mir noch einen Nachschlag." Er löste den Schneidersitz und achtete eine Sekunde lang nicht auf Muriel, die diese kleine Unachtsamkeit nutzte, um die gefesselten Arme nach vorne zu stoßen. Sie bekam den Teller zu fassen und schlug ihn so fest auf dem Betonboden auf, dass er in zwei Hälften zersprang.

Harald hatte schützend die Arme vor das bereits geschundene Gesicht gehoben, reflexartig, ungeschickt, sich im Aufstehen halb hinter seinem angewinkelten Bein verbergend.

Da schoss ein scharfer Schmerz durch Haralds Oberschenkel. Er ruckte nach hinten und robbte von Muriel fort, die mit der Tellerscherbe nach ihm warf. Die Scherbe prallte an ihm ab und fiel zu Boden. Harald starrte den halben Teller an und griff sich an den schmerzenden Oberschenkel. Er spürte Blut und die Berührung verursachte einen stechenden Schmerz. Verdammt. Sie hatte ihm einen üblen Schnitt am Bein zugefügt. Vorsichtig stemmte er sich hoch und belastete das Bein. Es tat weh, aber es gehorchte seinen Befehlen.

Fluchend humpelte Harald um das Auto herum, wobei er sich so weit von Muriel entfernt hielt, wie es in der engen Garage möglich war. Als er die Garagentür hinter sich schloss, ließ er die Schultern hängen. Er hatte genug. Muriel hatte ihm die Bohnensuppenfolter ruiniert und ihm eine weitere schlimme Wunde zugefügt. Diese miese Schlange gönnte ihm nicht mal ein einziges Wochenende der Rache.
Während er die beiden Sessel wieder vor die Tür schob, brüllte Muriel aus der Garage. „Das wirst du bereuen!"
Ich bereue es schon, dachte Harald. Ein Blick auf die Uhr verriet ihm, dass es schon spät am Nachmittag war. Er versorgte seine Wunde am Bein, benutzte nochmals die Brandsalbe und legte sich im Wohnzimmer auf die Couch. Mit geschlossenen Augen lag er auf dem Rücken und genoss die kühlende Wirkung der Salbe auf seiner Brust. Er nippte an einem großen Glas Rotwein. Es würde Tage dauern, bis er wieder schmerzfrei ein Hemd tragen konnte. Vielleicht sogar Wochen. War es das wirklich wert gewesen?
Zu seiner Verteidigung musste er sich eingestehen, dass niemand hatte ahnen können, welche Kräfte Muriel hatte freisetzen können. Bei meinem nächsten Amoklauf

werde ich mir vorher eine Waffe besorgen. Eine Schusswaffe, dachte Harald.
Dann schalt er sich innerlich einen Narren. Es würde keinen nächsten Amoklauf geben. Zum ersten Mal erlaubte er sich einen Gedanken an die Konsequenzen. Er war mit ziemlicher Sicherheit seinen Job los. Man würde ihn wegen Entführung und Freiheitsberaubung anklagen. Vielleicht auch wegen Bohnensuppenfolter und lautem Schmatzen.
Er malte sich aus, wie Muriel im Zeugenstand von ihrer Agonie erzählte und davon, wie Harald an den Fingernägeln gekaut hatte. Sie würde die Aufmerksamkeit und das Mitleid der Menschen erregen und einen effektheischenden Auftritt hinlegen.
Aber Harald war zufrieden. Er hatte seine Rache bis auf einige Rückschläge auskosten können und sich damit bewiesen, dass auch seine Geduld und Leidensfähigkeit eine Grenze hatten. Er nahm einen großen Schluck Wein und hörte im alkoholisierten Dämmerzustand, dass Muriel in der Garage rumorte. Gute Nacht, Muriel, dachte er. Ob es im Gefängnis wohl Bohnensuppe gab?

Kapitel zwölf

Haralds Schädel brummte, als er am Montagmorgen die Augen aufschlug. Ihm war kalt, denn er hatte mit nacktem Oberkörper auf der Couch übernachtet. Im Halbschlaf warf er sich die Wolldecke über, aber auf der verbrannten Haut ertrug er keine Berührung. Eine ganze Weile lag er im Halbdunkel da und spürte in sich hinein. Solange er sein Knie, das Bein und den Kopf nicht bewegte, waren die Schmerzen erträglich.
Irgendwann zwang ihn seine Blase dazu, aufzustehen. Er putzte seine Zähne, trug mehr Salbe auf und kochte Kaffee. Er trank ihn im Stehen, denn im Sitzen bereitete ihm die Schnittwunde hinten am Oberschenkel Schmerzen. Harald schaute sich in seiner Küche um und ließ vor seinem geistigen Auge seine Karriere der letzten 14 Jahre, drei Monate und etwas mehr als sieben Tage Revue passieren. Mit einer Spur Bedauern stellte er fest, dass die gesamte Zeit von Vorsicht, Angst und maßloser Selbstbeherrschung geprägt gewesen war. Alles in dem festen Glauben daran, dass er

sich dadurch die Beförderung verdienen würde.
Im Nachhinein betrachtet hätte er viel früher mal seiner Wut Luft machen sollen. In kleinen Dosen, statt alles 14 Jahre, drei Monate und sieben Tage lang aufstauen zu lassen. Nun war seine Wut in einem grandiosen Rachefinale gegipfelt, auf das er mit leichten Abstrichen stolz sein konnte. Wie man's macht, ist es falsch, dachte Harald und verlagerte sein Gewicht auf das gesunde Bein.
Da endlich klingelte es an der Haustür. Er humpelte hin und sah durch den Spion. Zwei Polizisten standen vor der Tür.
Harald straffte die Schultern und nahm einen weiteren Schluck Kaffee. Das heiße Getränk tat ihm gut. Alles tat ihm weh. Gleichzeitig hatte er sich noch nie so lebendig gefühlt. Ihm war nicht klar gewesen, dass diese Energie in ihm steckte, dass er so grausam sein konnte wie Muriel. In dem Moment, in dem er die Tür öffnete, empfand er großen Stolz.
„Guten Morgen", sagte er mit einem Lächeln.
„Guten ..." Der Blick eines der Polizisten blieb an Haralds Hals hängen. „Geht es Ihnen gut?"
Harald nickte vorsichtig.

Der zweite kam gleich zur Sache. „Herr Jungblut, wir suchen nach Muriel Schröder. Wissen Sie, wo sie ist?"
„Ja. In dieser Angelegenheit kann ich Ihnen weiterhelfen", sagte Harald freundlich.
„Sie wissen, wo sie ist?"
„Ja. In der Garage."
Einer der Polizisten griff alarmiert nach seiner Waffe. Der andere versuchte, an Harald vorbeizuschauen. „In Ihrer Garage?"
„Ja, kommen Sie doch rein. Sie wird sich sicher freuen, Sie zu sehen."
Ein Fuß schob sich in die Tür. Harald zog sie weiter auf. „Kommen Sie", wiederholte er. „Ich ziehe mir schnell Schuhe an. Sicher werden Sie mich auch mitnehmen wollen."

ENDE